L'ESPAGNE EN 1879

PAR

Adrien PLANTÉ

ANCIEN DÉPUTÉ

MEMBRE DU CONSEIL GÉNÉRAL DES BASSES-PYRÉNÉES

❧

PAU

IMPRIMERIE A. MENETIÈRE, PLACE DES ÉCOLES

1879

L'ESPAGNE EN 1879

A

Sa Majesté

LE ROI ALPHONSE XII

L'ESPAGNE EN 1879

————

I

Tandis que la France s'épuise à la recherche d'une formule républicaine, l'Espagne se relève et grandit sous l'égide réparatrice de la monarchie traditionnelle.

Que de chemin parcouru par notre noble voisine depuis onze ans !

La révolution de septembre 1868 — septembre est décidément le mois fatal — croyait avoir tout dit et tout fait :

La bataille d'Alcoléa lui paraissait avoir résolu le problème.

La monarchie trahie et vaincue, avait dû, en passant la Bidassoa, emporter avec elle l'avenir de sa dynastie :

Et l'ère nouvelle, promise par toutes les révolutions qui croient réussir, allait s'ouvrir !

A des politiques sans mandat et sans programme, les évènements répondirent par des difficultés sans issues.

Le gouvernement provisoire dût céder devant le principe monarchique que lui imposait les goûts séculaires d'un peuple ami des Rois.

Un crime inexpliqué ne permit pas au maréchal Prim de jouir du triomphe momentané de son étrange politique.

Le sang du marquis de los Castillejos, comte de Reuss, de ce soldat comblé de tant d'honneurs qu'il eût dû se montrer bien grand pour n'être point écrasé par eux, vint teindre les marches du trône, que ses combinaisons tortueuses avaient élevé sur les ruines de la monarchie nationale.

Présage malheureux pour le prince qui accepta inconsidérèment d'arborer la croix de

Savoie sur les tours de Castille!

Après deux ans d'un règne tiraillé, incertain, pénible pour le roi comme pour la nation, Amédée Ier déposait la couronne et quittait Madrid, heureux d'aller retrouver, avec la liberté, l'affection inaltérable des Piémontais.

Un vent de tempêtes nouvelles souffle alors sur l'Espagne ;

Le sang de ses enfants coule à flots avec l'éloquence de ses rhéteurs.

La République est proclamée !....

Moment terrible pour ce pays essentiellement monarchique ! Il lui semble un rêve sanglant qui l'obsède, l'étreint, l'anéantit.

Pour l'en tirer, il faut qu'un soldat énergique vienne sommer le président des Cortés de dissoudre une assemblée stérile et bavarde : sur son refus, il la balaye.

Un long soupir de soulagement répond à cet acte de délivrance.

Un an encore, Carthagène, Sarragosse, Barcelonne, deviennent le théâtre de violences sans

nom, tandis que, au nord, la riche Navarre et
les provinces basques se voient ensanglantées
par les tentatives infructueuses d'un drapeau
qui, sans cesse repoussé depuis 1833, cherche
sans cesse à s'élever du milieu des ruines de la
guerre civile.

Un jour, enfin, un formidable cri se fait en-
tendre.

Un brave, que les combats n'effrayent pas,
mais qui aime sa patrie, a trouvé que l'Espagne a déjà trop souffert. Le général Martinez-
Campos a dit : C'est assez !

Il commande une portion de l'armée du
centre. De la rive de Sagonte, il a tourné son
regard vers la France, c'est-à-dire vers l'espérance, et saluant de loin l'héritier légitime de
tant de rois, le 30 décembre 1874, il fait proclamer Alphonse XII par ses soldats.

A Ciudad-Réal, à Castellon, à St-Sébastien,
les armées du centre et du nord répondent à son
appel, et huit jours après, le 7 janvier 1875, date
glorieuse du vrai réveil d'un peuple libre, une

barque quitte le port de Marseille, portant à l'Espagne heureuse et rassurée son jeune César et sa fortune !

Les longues acclamations qui saluèrent le retour du fils de la reine Isabelle II, retentirent joyeusement sur tout le territoire espagnol.

L'année nouvelle commençait bien.

C'était une renaissance !

Barcelonne se pavoisait ;

La vieille cité du Cid, Valence, qui la première avait acclamé l'armée de Sagonte, accueillait magnifiquement le jeune Prince, qui lui rapportait le bien-être et la paix, et le 14 janvier, Madrid, veuve de ses rois, mais consolée, saluait avec enthousiasme, après sept ans d'un douloureux interrègne, Alphonse XII.

« Celui que des lois iniques ont forcé à fuir la » patrie, ne s'arme point contre elle, comme » Coriolan ; il la plaint comme Aristide ou Ca- » mille et il attend, dans l'exil, l'heureux mo- » ment où il pourra la servir. »

C'est ce que fit le Prince des Asturies.

Il attendit !

Quand il s'était réfugié en France il avait, dit à sa patrie : *Au revoir* et non point *Adieu* !

Le jour où, par la voix de ses braves, elle l'appela pour la sauver, Alphonse XII fut prêt.

Or, depuis le 14 janvier 1875 jusqu'à ce jour, de grands évènements ont marqué ces quatre années fécondes.

En montant sur le trône de Ferdinand et d'Isabelle, Alphonse XII avait trouvé sa patrie aux prises avec des difficultés sans nombre :

Il les affronta, sans s'arrêter aux charmes nouveaux du pouvoir, et il sut en triompher.

L'Espagne émerveillée, le vit partir, sans retard, pour rejoindre ses troupes, se mettre au milieu d'elles, partager leurs héroïques combats et rentrer avec elles, le 23 mars 1876, en pacificateur.

La guerre civile est terminée !...

Les provinces du nord redevenues maîtresses d'elles-mêmes se rattachent d'un lien plus étroit à la dynastie.

L'Ile de Cuba se soumet.

Une paix profonde succède aux horreurs des luttes fratricides.

Le rêve sanglant est dissipé, et aujourd'hui, l'Espagne rassérénée assiste, calme et heureuse, au fonctionnement paisible de ses institutions.

Depuis longtemps, en effet, elle n'avait connu un pareil bien être intérieur.

Le ministre éminent qui a tant contribué à le lui procurer, M. Canovas del Castillo, a senti le bésoin de prendre du repos.

Sa main fidèle et sûre avait conduit, avec succès, la jeune royauté à travers les écueils nombreux qui entourent fatalement une restauration.

La reconnaissance du peuple espagnol l'a suivi dans sa retraite.

C'est le pacificateur de Cuba, le général Martinez-Campos, qui a pris sa succession, sans pour cela abandonner sa politique sagement libérale et profondément conservatrice.

Les pouvoirs publics devaient être renouvelés.

Le général Martinez-Campos a fait appel à la nation, et la nation lui a répondu, le 26 avril 1879, en envoyant aux Cortès une majorité gouvernementale de plus de 320 voix contre 80 ou 90 données à l'opposition.

Ce résultat vraiment magnifique a satisfait l'opinion publique en Espagne.

En France, il a eu un profond retentissement.

II

N'est-il pas en effet, de nature à surprendre heureusement, par ce temps de troubles électoraux que nous traversons ?

Un scrutin général était pour l'Espagne une épreuve nouvelle.

C'était, ou la consécration des années qui venaient de s'écouler depuis la restauration, ou leur condamnation solennelle.

Et s'il fallait de la décision pour l'aborder, il fallait beaucoup de sang froid et de dignité pour l'entreprendre, avec la résolution de respecter la liberté et les droits de tous.

Ces qualités essentielles pour la conduite d'un peuple n'ont pas fait défaut au gouvernement espagnol. Le bon sens du peuple l'a compris et s'est chargé de lui répondre.

Les élections ont eu lieu avec une liberté ab-
solue; c'est un hommage que lui rendent tous les
partis.

Nos correspondances particulières nous affir-
ment que les plus irréconciliables ennemis de
la monarchie, eux-mêmes, le reconnaissent dans
l'intimité des conversations privées.

N'y aurait-il pas, de leur part, plus de gran-
deur à le proclamer hautement ?

A aucun moment de sa vie politique, avec le
suffrage universel ou sous le régime du suffrage
restreint, jamais l'Espagne n'avait assisté à un
pareil spectacle.

C'était la première fois que l'on appliquait la
loi faite par les Cortès de la nouvelle monarchie,
loi de conciliation entre tous les partis dynasti-
ques.

De 1868 à 1875, pendant la période révolu-
tionnaire, le suffrage universel avait régné en
maître. Nous savons l'abus qu'il fit de sa force,
quels excès couvrirent ce mot, qui contient tout à
la fois tant de promesses et tant de mensonges.

L'essai tenté ne lui fit pas honneur.

La loi nouvelle lui substitue un suffrage restreint, le plus large qu'on ait jamais vu. Il suffit, en effet, de payer 25 fr. d'impôts ou d'être pourvu du plus insignifiant diplôme ou brevet de capacité, pour concourir au suffrage.

On nous assure que dans certains endroits on s'est plaint de quelques éliminations sur les listes électorales : mais ces éliminations ont également porté sur les électeurs de tous les partis.

C'étaient des oublis et non point un système. L'opposition, qui au dernier moment s'est décidée à combattre, n'a rien fait pour modifier cet état de choses, facile à corriger.

C'est donc en pleine liberté d'action que le corps électoral s'est rendu au scrutin.

Le seul parti qui n'ait pas cru entrer ouvertement en lutte, c'est le parti carliste.

Sur plusieurs points, des divisions se sont produites dans ses rangs : il n'a pu présenter des candidats de sa couleur politique. Ses journaux n'ont pu se mettre d'accord, et cédant, paraît-il, à un mot d'ordre venu de haut, ils ont conseillé l'abstention du parti.

Individuellement, les carlistes ont voté partout sous leur propre inspiration.

L'Espagne aussi a son Blanqui, moins la prison :

Ruiz-Sorilla, qui vit dans les conspirations et représente, avec un nombre restreint de personnalités plus turbulentes que dangereuses, le parti socialiste.

Pour ce groupe de politiciens sans crédit, prendre part à une lutte dans laquelle le bon sens du peuple espagnol, éclairé par l'expérience, lui réservait d'ailleurs un échec honteux, c'était reconnaître en quelque sorte l'existence légale du gouvernement qu'il déteste.

Son horizon politique s'arrête à Carthagène et à Alcoy !

Il aurait craint de se souiller au contact de la réaction.

Nous le regrettons.

Une leçon sévère de plus ne l'aurait certainement pas corrigé — les gens de cette trempe sont incorrigibles — elle aurait du moins stigmatisé, une fois encore, ses criminelles utopies.

Cela eût été, tout à la fois, salutaire et consolant.

Trois partis ont formé l'opposition :

Les démocrates possibilistes ou républicains opportunistes, les progressistes et les constitutionnels.

Les *possibilistes*, — nom vraiment étrange que les finesses seules de la politique pouvaient produire et que le dictionnaire de Littré ne prévoit pas assurément, — ont à leur tête le brillant orateur don Emilio Castelar !

Cet homme d'État a, lui aussi, goûté du pouvoir suprême : il en est sorti, m'assure-t-on, presque conservateur : *Ab uno disce omnes !*

Autour de lui gravite une pléïade d'hommes de talent, état-major sans soldats, que les vrais républicains, là comme ailleurs, ont frappé d'excommunication majeure.

Il n'y a pas de Pyrénées pour l'opportunisme.

Les *progressistes démocrates* représentés notamment par MM. Martos, Moret, Montero-Rios, parurent, après 1868, se rallier à la royauté de don Amédée.

Mais celle-ci ne tarda pas à disparaître, suffoquée par leurs étreintes, qui ressemblaient plutôt à un étouffement savamment préparé.

Aujourd'hui, revenus à leurs premières amours, ils dirigent les masses radicales, quoique relativement modérées, de la bourgeoisie frondeuse et libérale.

Ils sont arrivés aux Cortès, au nombre de dix !

Avec les démocrates possibilistes, qui ne sont que douze, ils représentent les seules forces radicales de l'opposition parlementaire.

Ils produiront, sans nul doute, quelques beaux discours.

L'Espagne, qui est par excellence le pays des

orateurs, s'intéressera aux efforts de leur éloquence ; elle ne sera nullement remuée : il lui
faut autre chose que des paroles !

A ces deux groupes viendront se joindre celui
des *constitutionnels,* le centre-gauche de l'Espagne.

Conservateurs de la Révolution, leur ambition
a subi de cruels déboires.

Désappointés de n'avoir pas été appelés à
recueillir la succession du ministère Canovas,
auprès de la monarchie à laquelle ils avaient
paru prêter un concours sincère, ils ont, comme
les centres-gauches de tous les pays, accentué
leur mouvement vers l'opposition dynastique.

Au nombre de près de cinquante, ils fournis-
sent à la coalition, avec les noms connus de
Sagasta, Balaguer, Linares, Carreno, un con-
tingent sérieux de valeur personnelle et d'expérience parlementaire.

Quoique les déceptions que leur ont apportées
la dernière crise ministérielle aient fortement

ébranlé leurs sentiments monarchiques, il faut croire que leur intelligence les détournera de suivre jusqu'au bout leurs alliés du moment.

Nous le leur souhaitons.

Car l'histoire a de justes sévérités pour les hommes d'Etat dont le patriotisme n'est ni assez filial, ni assez désintéressé pour se mettre au-dessus des blessures de l'amour-propre froissé ou des rancunes de l'ambition déçue.

Impuissants à relever ce qu'ils ont été prompts à détruire, leur honneur va diminuant à mesure que grandissent les complications qu'ils ont fait naître.

Il ne faut pas chercher longtemps dans les annales de notre propre pays, pour voir de ces politiques malheureux qu'écrase la plus légitime, la plus implacable responsabilité.

Un jour, ils veulent remonter le courant : ils sont entraînés par lui.

Il était trop tard.....

Les amis de la monarchie espagnole ont vu avec plaisir la coalition des partis hostiles s'organiser en opposition parlementaire.

Trop longtemps, l'abstention ne fut en Espagne que le masque de la conspiration.

La lutte ouverte mettra au grand jour des débats publics le programme et les revendications de l'opposition.

Le pays, les connaissant mieux, en appréciera l'impuissance et le danger.

La représentation du parti conservateur aux Cortès est importante.

Quoique assez nombreuses, ses subdivisions forment un faisceau puissant et homogène.

Parmi les *adictos* ou majorité ministérielle, nous trouvons, à côté des ministres du Roi, les noms les plus considérables de l'Espagne :

MM. Martinez-Campos, Canovas, Silvela, Camacho, Aurioles, Guerrero, Romero-Robledo, Ayala, Collantes, Orovio, Llobregat, Toreno, Elduayen, etc., etc., c'est-à-dire le talent, la fortune, la fidélité, le dévouement aux intérêts du pays, cortège imposant et précieux d'un règne

qui a pour mission le relèvement d'une grande
nation !

Les *centralistes* forment comme le centre-
droit de l'Espagne.

Ils représentent la fraction la plus avancée du
parti conservateur.

Ils sont une douzaine : tous hommes de grande
valeur, parmi lesquels figurent don Alonzo-Mar-
tinez, l'une des premières figures du barreau
espagnol ; le maréchal Sabala, le marquis de la
Vega-Armijo, ancien ambassadeur à Paris,
M. Candau, l'un des grands propriétaires de
l'Andalousie ; tous ont joué des rôles importants
dans les diverses crises que l'Espagne a traver-
sées.

A cet ensemble il faut ajouter la fraction très
minime des *modérés,* des *indépendants,* parmi
lesquels figure la députation tout entière de la

Biscaye et cinq membres dits *ultramontains*.

Ces trois fractions ont conservé leurs anciens titres : mais elles se confondront toujours, sauf, peut-être, dans quelques rares questions spéciales, avec le grand parti conservateur auquel elles appartiennent, et par leur passé et par leur programme.

Telle est la représentation parlementaire qui est appelée, de par la volonté de la nation librement exprimée, à faire avancer dans la voie du progrès ce noble pays, ami de la France.

III

Instruite par le passé, l'Espagne vient de
renouer la chaîne glorieuse de ses traditions
nationales, et c'est avec confiance que le Roi
Alphonse XII peut envisager l'avenir qui se
prépare pour son peuple et pour lui.

Monarque constitutionnel, il a relevé le trône
de ses aïeux.

Restaurateur des libertés publiques, il a ga-
ranti les droits de la conscience, en rendant à
l'Eglise la protection qui fait la sécurité, le
respect qui fait la force !

Soldat, il a reconstitué l'armée et déchiré le
voile de deuil qui couvrait le drapeau de la patrie !

Pacificateur, il a ramené l'espérance..... Sa

jeune royauté aura déjà connu toutes les gloires !

Déjà aussi, elle a connu l'amertume et la douleur !

Il y a dix-huit mois à peine, l'Espagne fêtait l'arrivée de la Reine de son choix.

Tous les bonheurs semblaient s'être réunis sur le couple radieux et charmant que la population de Madrid, heureuse de sa joie, acclamait amoureusement, le 24 janvier 1878.

Six mois après, elle pleurait avec son Roi !

Le chagrin du Prince trouva un adoucissement dans les manifestations unanimes de la douleur publique.

Le bonheur de l'Espagne reconstituée et fidèle absorba sa pensée en deuil et l'amour de la nation, grandissant dans l'épreuve, il put croire que rien ne le distrairait du but que la Providence lui avait marqué.

Cependant, la Révolution jalouse veillait.

Elle voulut essayer d'une revanche et arrêter

dans son développement l'œuvre si glorieusement commencée.

Elle arme Moncasi : mais la main du criminel tremble, son pistolet dévie !

Le Roi est sauvé et l'Espagne avec lui !

On l'a dit bien souvent et avec raison : les régicides ne profitent jamais aux partis qui les suscitent.

L'attentat de Moncasi n'a fait que resserrer, s'il est encore possible, les liens étroits qui attachent la généreuse Espagne à son souverain.

La manifestation du 26 avril le prouve : elle ajoute un succès de plus à ceux dont la monarchie de don Alphonse XII peut se montrer si justement fière.

Paix et liberté d'une part !

Confiance et amour de l'autre !

Voilà un spectacle bien digne de fixer l'attention des Français.

Plus d'un, nous en sommes sûr, en jetant un regard par delà les Pyrénées, sentira naître au fond de son âme d'amers regrets et d'ardentes aspirations.

Pauvre France !

Heureuse Espagne !

SORTI DES PRESSES

DE

A. MENETIÈRE

PAU

ANNO DOMINI MDCCCLXXIX

www.ingramcontent.com/pod-product-compliance
Lightning Source LLC
Chambersburg PA
CBHW061631180626
46818CB00005B/2333